老少女の敏感地帶！

Stella So.

前言

在這一個敏感的時代，身處於敏感的地帶，每天都聽住敏感的新聞、天災人禍以及末日的 YouTube 頻道，不知不覺身體好像被無形的綁帶緊緊地束縛住，想畫的東西不敢畫，想做的事情不想做，想說的事情不敢說，總是有說不出的無力感。

這幾年來，發生的事實在太多，不勝枚舉。然而身體是最誠實的，開始變得敏感起來。2022 年春天突然首次呼吸道過敏，來得既突然又強烈，連續兩個星期在家裏不能好好呼吸和睡覺；2023 年，皮膚開始敏感起來，吃了海鮮和味濃的食物會在手指間湧出一粒粒痕癢得令人懷疑人生的蕁麻疹；2024 年夏天，陪伴我 20 年的愛貓丁丁離開了我，頓失至親，令我手足無措，直接把我拉入不一樣的人生階段。這幾年間每星期都在《星期日明報》連載《老少女之麻糬周記》，除了記錄一般有趣的吃喝玩樂朋友貓咪家事之外，內容亦包括疫情、社會動盪、經濟蕭條，結業移民潮、天災人禍等等，跟以往的老少女宅女系列很不同，畫的過程難免自我審查，不過報紙編輯給我的空間比我想像中寬鬆得多。《老少女之敏感地帶》就是輯錄這幾年的《麻糬周記》而成。在《明報》連載總算有編輯催稿，令我有一點動力按時發表，在報紙和網上定期排泄出內心的濕毒和霉菌。自我娛樂之餘也希望大家可以在這個亂世看完之後笑一笑。

那麼是時候準備進入老少女的「敏感地帶」了！

閨蜜篇

好久冇見

我不知不覺踏入了經常遇上白事的年紀。

據說他不久後因病離去。

另一個是知名韓國漫畫家在往機場途中猝死，才比我大兩歲。

朋友見得一次得一次，希望大家不會介意被我攔截問候。

追思會話題

大學同學B先生的追思會後，同學們短聚。
他在我們心中永遠都這麼年輕，不像我們每天都要面對老去的煩惱，太狡猾了。
但是他的追思會有這麼多朋友，他的人生成績表可說是很成功了。
想不到B先生這麼早離開，他平日工作以外都可能玩得太過盡。

大學同學的聚會話題，不知不覺已經由去哪裏吃喝玩樂，到後來結婚生仔供書教學，再到現在研究延遲更年期的問題了。
……
不要說夜蒲，我現在連晚睡一點都受不了。我倒想問大家有沒有延遲更年期到來的方法？
現實真是非常殘酷……

老少年真的結婚鳥！

呵呵，結婚？我還是快閃為妙……
嘩……
話說有個大學同學，一直有拍拖，但從來不相信婚姻制度。

我朋友不多，主要邀請你們啦……
呵呵，對不起，我要結婚了！
咩料？
吓……
咩……
人到中年，他竟然突然和我們說要結婚！？

他今次認真嗎？
係囉。
佢竟然做幾份兼職
又竟然努力儲錢
廿幾年都未見過咁嘅佢。

佢做兼職包裝緊自己嘅結婚禮物竟然仲甜絲絲。
原來愛情真係可以改變一個人㗎咩……？
哎喲

老少女粉紅兵團

近來因為Barbie電影，街上突然多了很多粉紅色的產品。

連我的老少女朋友都趕着要去買飛捧場，誓要尋回我們那一代逝去的童年回憶。

C小姐超喜歡收藏Barbie，但是結婚之後就斷捨離了。現在她只好拿出一部電話按一下。

任何三尖八角的人士都變得像Barbie一樣閃亮亮了，零成本進入粉紅色的世界。

濕疹又算什麼

有一天跟兩位編輯開早餐會議，談到濕疹。

姊妹終於出貨，濕疹又算什麼。

打救香港

移了民的C小姐回港渡假，立即購物恤髮兼美甲。

抓緊兩個星期，一家人又去海洋公園玩。

更在附近酒店staycation一晚，享受陽光與海灘。

疲弱的香港經濟就靠他們回來打救了。

染髮染髮！

老少女和回港渡假的C小姐到日本藥妝購物。

旁邊突然來了兩位妙齡少女同樣在看染髮劑。

不知為什麼……

我們這兩位姨姨好想避一避。

到了這個年紀

近來老少女聚會，大家明顯「成熟」了。

我們的話題明顯改變了。

大家又交換醫生和身體檢查的最新行情。

最熱烘烘的話題當然是吃哪一款牌子的NMN性價比最高。

老少女旅行團

老少女只好懷著旅遊的心，在西斜的房間裏曬太陽。

姨姨性幻想派對

M小姐生日，大家一起去酒店慶祝。

誰不知我們當晚的重點落在這個侍應身上。

老少女的童年

傻瓜！
我最喜歡畫牛屎。
SLUMP
後來修行的時候遇上悟空。
ARALE
從小就跟小雲是好朋友，總是出雙入對。
所以塗鴉總是會繪畫小雲和小吉。

感謝鳥山明老師給我們那麼多而美好的童年回憶。
等你們哦！
ARALE
高中時又迷上萬人迷比達。

憑實力單身

呵!
又到正月十五元宵節，一眾單身男女去花燈晚會碰碰運氣，順便拜月老求好姻緣。

哎喲，這個男生怎麼看都像騙子負心漢。
哼!
吓!
這個醜女何不去整容再來？

哎呀，怎麼來了個窮旅客？
此處人人都腌尖聲悶，挑剔難頂。
嗚……
唉!
妖……

大家憑實力單身，我的紅線派不上用場。
可以休息一下……
咪……
咦?
嘔
吓……

王子們

幼稚園時喜
歡童話中的
白馬王子

小學時喜歡
動漫畫的網
球王子

中學時喜歡
現實存在的
金髮王子

年紀大了當
然喜歡富貴
的沙漠王子

老少女求籤

老少女經過一間古廟，順道拜神求籤。

籤筒總是欺負三心兩意太過貪心的人。

荷包篇

老少女基金

近來眾多指數急跌，很多人的心情也是一樣。

我沒錢買什麼股票，我才不覺得跟我有關。

突然收到已經「移居」的保險經紀發出的message。

突然間我的心情也跟大家一樣，緊急墮落。

說好的快遞

中國各地封控愈來愈嚴重，各被封控城市都有人示威抗議。
近來自資出版月曆，非常忙碌，客廳成為了包裝工場。

他們上邊怎樣，跟香港人無關囉。
他們不是全宇宙最愛做核酸嘅民族咩？
要食飯
不要封控
要自由
要上班

我的包裝用品來了嗎？
太好了！
鈴鈴

我批貨封咗？
點解㗎？
不要封控！
要解封！
要快遞！
原來集運倉有個工人核酸呈陽性，於是成個倉封了八日。

香港名物兩餸飯

我款款都想要，真的覺得好難揀呢……。

終於買了大排長龍的香港名物兩餸飯，比食自助餐更興奮。

無名英雄

近來做產品，一手包辦所有工作，
不斷把印刷廠品抬上唐六樓。

把印刷品開箱，便要分類入袋。
還有隨時記錄新來的訂單。

包裝好後，便要入快遞資料，
隨即盡快把郵件寄出去。

不知不覺，我每當遇上做小生
意的人們都特別敬佩。

老少女冬眠

JAN一月
3
嗚……
哎喲
還有幾天！

4
5
6
趁現在未開關，我們去尖沙咀山頂玩多幾轉先。

一月
7
約多些朋友出來共聚吓！

8
這一天起，開始冬眠。

眼睛去上海街旅行

…上海街…
開關了，上海街立即企滿燕瘦環肥的內地專才，令到香港街頭生氣勃勃。
♪
等我帶大家眼睛去旅行

紥馬尾戴眼鏡的學生妹
我是高才生
唐樓大門口的梅蘭菊竹

有點冷啊……
要正面給官人看清楚！
嗝……
白色西裝褸配黑短裙

穿得太少。
頂住
最吸引是被遮住的那一位

得不償失

自從用了八達通後，巴士
和地鐵加價更是猖獗。

金剛不壞

天氣漸好，老少女於是約媽咪去飲早茶。

誰知去酒樓途中，遇上很多周圍咳又冇戴罩的人。

茶樓內更是病毒溫牀，食物遮也遮不住。

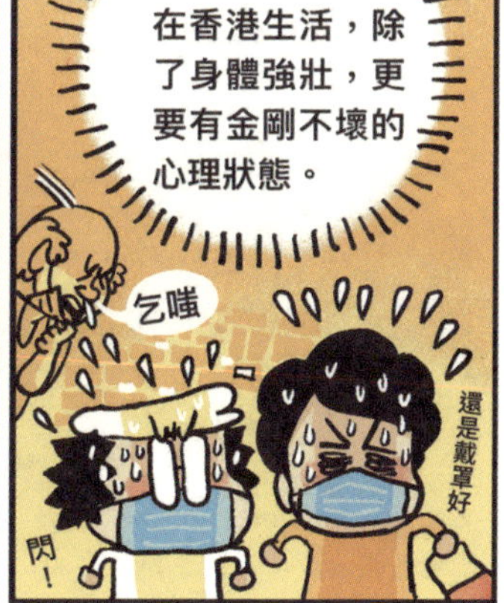

香港齊齊夜繽紛

響應政府，準備去夜繽紛享受美酒佳餚，途中見到享負盛名的銀獅子。

途中見到車水馬龍，只是總覺得車輛比平時迷你一點。

夜繽紛
夜市有如當年的大笪地，非常熱鬧和懷舊。

我好似去錯地方！
姑娘，歡迎索取施食時間表。
香港晚上真是多姿多彩了，果然是一個不夜城。

你們加咗未？

開冷氣一下子電費貴五百蚊!
咁要環保喲!

商業登記無補貼加二千蚊？
嘩咩事？

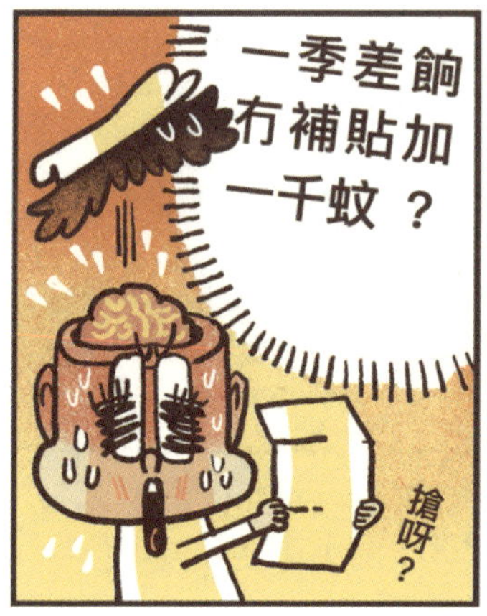
一季差餉冇補貼加一千蚊？
搶呀？

50%
SALE
40%
咩都加就是人工沒有加，什麼都不想買了。
50%
……

小市民逛超市

每星期都會約媽媽食早餐，順便逛一下超市。

市道差，通脹高，應該是時候斷食減肥。

逛超市最喜歡看減價的新鮮水果。

找到平靚正的東西，才是小市民的樂趣。

垃圾之都

一踏入2024 ，香港話題立即由經濟下滑……

轉向垃圾。

街上市民，由上而下由內至外，精神空間都被垃圾掩蓋了。

香港正式成為垃圾之都。

小市民的快樂

市道低迷，小市民尋找快樂的方法都改變了。

在路上，難得見到滿心興奮的人。

他們總是帶着大大小小的快遞回家。 。

只是難為了帶給我們快樂的快遞站姊姊。

後現代執笠新形態

哎喲，小菜
檔擺設轉變
了，應該是
執笠後換了
檔主。

咦？檔主竟
然是年青小
鮮肉？
好萌嗰……！
隨便看看

原來不只小鮮
肉，還有一個
成熟眼鏡男？
海市蜃樓啊

嘩！原來有三個
不同型號的鮮
肉，真是想要什
麼口味都有。
好萌好開胃啊……

老少女吹出三大奇蹟

在香港要隻眼開隻眼閉才能生存。

唉……你看這些吹氣的。

不過如果吹氣出來的是我的公仔……

咁就真係德政啦……！

二零二四年尾

相比以往，2024年的聖誕燈飾少了很多。

舖頭執了很多。

錢包內的錢少了很多，

只有家裡的貓越來越多。

二〇二五 Kill Bill年

終於到了2025年，一個絕不平凡的一年。

2025年會怎樣開波呢？

咦？日曆下原來塞了一堆未處理的郵件。

原來2025年要由繳付各種大幅加價的賬單及罰款開始。

早點睡吧！

那麼只好早點睡吧！

顫抖的小市民

不知不覺天空上充滿了一團團的戰雲。

我們這些小市民，除了撐起一把雨傘擋擋之外，好像沒什麼可以做。

老少女可以做的就是祈求電子產品可以長命一點。

慾火焚身

各國非常擔心受關稅影響的貨品會以賤價傾銷到自己國家。
有平嘢買不好嗎？
近來聽網上時事頻道，題目都離不開關稅戰。

就在時事頻道中間，突然插入很多新購物平台廣告。
……

咦？這個網上購物平台現在竟然全面香港包郵？價錢還要比平時用開那個便宜很多？
有冇搞錯？兩蚊都包郵到港？

買到停唔到
原來便宜未必係好事，令我慾火焚身買了很多不必要的東西，像吸毒一樣停不了。

天氣篇

學習無常

近來天災頻繁，土耳其和敘利亞更發生超級嚴重的大地震。
如果地震是香港怎麼辦？
可以點幫忙呢？

突然傳來有旅遊公司肯幫忙收集物資，交給土耳奇政府運給災民。
!
吓？限期兩日？

等我全速找出非常保暖但又非常新的衣物先！
快快快！

原來和我一樣的人有那麼多。香港就是一個患難見真情的地方。
好溫暖啊！

颱風與戀愛

迎接颱風就好像準備談一場戀愛。

等待的時候，既緊張又興奮。

未開始已經結束，難免令人非常惋惜。

可是一旦正面遇上，總是被摧殘得遍體鱗傷。

HELLO 香港！

沒見幾年的老朋友，剛剛發了一個訊息給我說要來香港。

這位老朋友會在尖沙咀附近短暫停留一下，所以我特意去尖東和她會合打個卡。

世事何曾是絕對

久旱逢甘霖，心情愉快。

怎知雨越落越大，令人措手不及。

持續滂沱大雨，天台水浸，驚心動魄。

緊急關頭被拯救，久旱逢甘霖的感覺又重新一次出現。

生老病死無wifi苦

黑雨途中，網絡開始斷斷續續。

第二天WIFI更完全斷開了。

五天無WIFI，無得盡情吸食youtube實在好痛苦。

反而有機會重新享受很久冇聽的6pair半金曲。

望天打卦

近來深深體會到變幻無常，於是開始望天打卦。

有一次在大埔，沒有雲的天空上竟然出現了一隻巨型的鳳凰在飛舞。

在觀塘，又見到一隻大烏龜在天上慢慢飄移 。

打風前在家天台，見到一條上升的紅龍，之後香港九龍東真的黑雨兼大水浸。

二〇二四生存指南 2024

今日宜曬菇

香港連續下了幾個星期雨，非常潮濕淹悶。

身體不知不覺長出了大大小小的蘑菇。

終於等到好天了，又變得非常乾旱酷熱難受。

於是把蘑菇好好收集曬乾，遲點拿去市集賣。

及時雨

下次發起願望的時候務必清楚謹慎一點。

說好的大風呢？

巴西預言家預言某一天香港打超強颱風，果然那日真的要打八號風。
今次堅？

先要把天台的植物綁好穩固。
快！

然後搶一些新鮮蔬菜等打大風時有菜吃。

不過香港是個福地，最後只有幾場風雨。
開心同時失望

媽咪篇

媽咪髮廊

頭髮長了
自從疫情大爆發後，我便沒有去髮廊剪頭髮。

媽咪，可以幫我剪頭髮嗎？
可以省幾百元
Ok啊！

點解你自己幫自己剪得咁好，每次幫我剪都怪怪哋嘅？
成個林作咁……
打擊

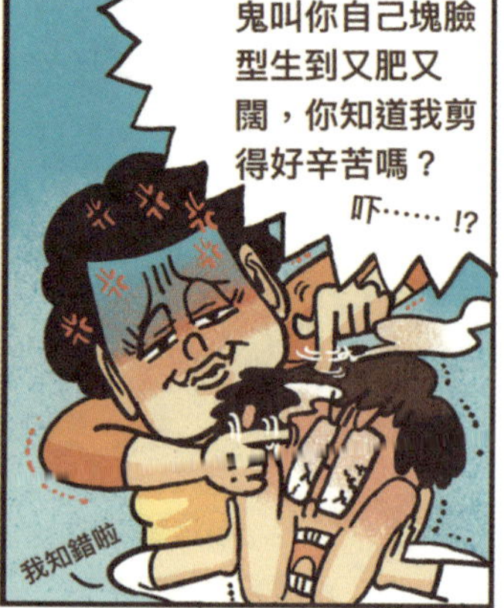
鬼叫你自己塊臉型生到又肥又闊，你知道我剪得好辛苦嗎？
吓……!?
我知錯啦

阿媽家姐

我才不會花這個錢，因為……

我每天都在家享用「阿媽家姐」。

起飛腳

當年，蘇師奶給還在肚子裏的女兒踢了幾腳而十分興奮。

幾十年後，蘇師奶個女又給人踢了幾腳。

女兒發現旅行同牀的蘇師奶不斷起飛腳踢自己。

原來給人踢的感覺是這樣的。

盲盒城市

商場充滿了
盲盒玩具。

街上貼滿了盲盒
議員的大頭照。
成功爭取

現在連超市
都充滿了盲
盒食物。

我還是最喜歡
媽咪的愛心盲
盒便當。

天天都是母親節

天天都可以是母親節，今次帶媽咪去食壽司。

趁平日下午茶時段少人，試試這間新開的壽司郎。

媽咪第一次見到自動送上的壽司十分興奮。

慶祝母親節日日都可以，但正日就不用預我們了。

孜然男人味

近來和媽一起去吃早午餐，今次選擇比較少去的餐廳支持一下。

原來旁邊剛剛來了有一批放飯的建築工人，我們鎖定其中一個是氣味來源。

敏感都市篇

請緊握扶手

從小被教育社會是
會一直進步的。

即使不想進步，
也被迫向前進。

但教育沒有告訴我們社
會是會突然發生故障。

更沒有人教我們怎樣應
付社會開倒車的情況。

五濁惡世音樂會 

早上靜靜地吃早餐，
理應心情愉快。

但總是遇到有人開電話
大聲追劇的大叔。

巴士上更常常遇到大聲
播放演唱會的人。

五濁惡世，才是鍛鍊身
心的好地方。

講廣東話的角落生物

我們自小講廣東話，從來沒有人告訴我們有問題。

在中學，學習英文固然是為了有更好的升學和就業未來。

長大了，外語更是接觸世界的重要途徑，讓人生看得更遠。

但是今天，語言卻變成了壓迫、枷鎖和陷阱。

洗地

主力牆

香港的主力牆給拆掉的那一刻起

市民不知不覺從內裡產生變化……

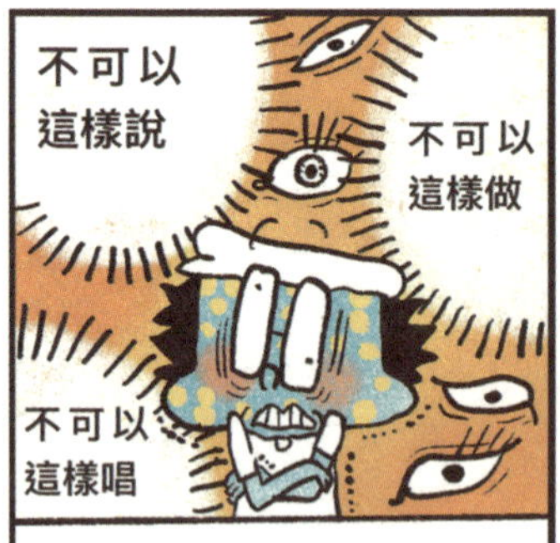

在他們的腦內產生眾多不同的聲音……

難怪今日的香港愈來愈驚心動魄

2024的公路上，你想截到什麼車呢？

國家級和諧號直通車？

來歷不明的豪華轎車？

還是慢慢走，隨時可以落車的電車？

二〇二四的公路上(二)

在2024公路上，車上有三個乘客。

這位女司機，駕駛出名特別小心謹慎。

女司機要下車了，把車匙交給男同伴，並送上真摯的祝福。

同一時間，在2024公路的另一邊。

紅線中祝福您

大陰天

近來每天都是陰天，好像晴天不會再出現。

每個人頭上都有一嚿很大很厚的黑雲。

整個城市都被一股莫名其妙而且黑沉沉的煙霧籠罩住。

老少女只好在家開多幾盞燈，希望把自己照亮一點。

太歲年

終於到2025年了，
我感覺到一股透不
過氣的氣氛。

我看是時候躺平，等著
被大時代活活吞噬。

丁丁，我來找你了。

敏感日子篇

老少女過聖誕

聖誕夜的老少女基地其實十分熱鬧。

老少女過新年

又到農歷新年，老少女不好意思逗人利是，想盡辦法避開人群。
蘇太個女……
唔想咁，可以點呢？

！
想到了！

畫畫畫……
印印印……

我仍然沒有利是派，但今年有揮春送給你們，賞面要嗎？
嘩！
好啊！

上大帽山睇日出

上到山頂，口罩都濕透了。但每次可博覽群山，總是覺得非常值得。

正準備等日出，誰不知同行的朋友已經準備好山頂大食會了。

大帽山頂竟然可以吃到即燒魚蛋香腸年糕兼收利是。2023年果然很特別。

原來又到中秋

不用戴罩出街賞月原來咁舒服。

再一次看到煙花盛放原來可以咁興奮。

原來同健康的十九歲老貓生活每天都像中頭獎。

中秋節告訴我們，沒有一樣事物是理所當然的。

過年很忙！

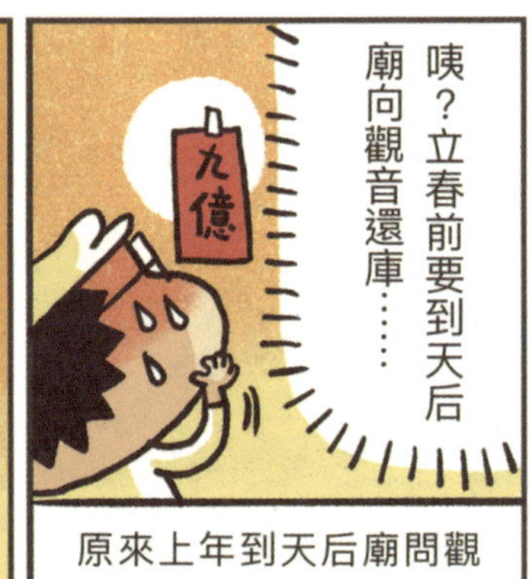

原來上年到天后廟問觀音借了庫。

上午跟朋友行山，剛好經過譚公廟，求了女媧娘娘。

還要盡快將花花和蛋蛋搗亂的屋企大掃除一番。

初七啟市

為什麼年廿八才洗邋遢，太多東西要做了。

一年才清潔一兩天，可以想像有多骯髒雜亂。

越來越覺得每個月農曆廿八號都要大掃除

老少女大掃除過後過度虛脫，直接進入冬眠狀態，初七啟市。

新年㷫焓焓

又到新年，又是一個靜靜的農曆新年。

都習慣了，但是今年想吸一下新鮮空氣。

我到了想來很久的馬鞍山，在城門河邊看看山明水秀的景色。

新一年，老少女應該不會寂寞了。

又到觀音借庫

這個時勢，向觀音娘娘借一
點勇氣和運氣是必需的。

AI篇

城市驚喜

話說近來在連鎖電器店買東西，填了一份送貨單。

於是突然間社交平台有很多外國型男想和我成為朋友。

後來又在某公司登記了保養證。

於是每天都收到很多城市驚喜，隨時和閨蜜們開心share。

難為了AI

緊張！
AI ,AI,
我靚唔靚？
您好！

靚嘅定義好主觀，
我相信你的內在美
比外在美出眾。
吓……

緊張！
AI, AI,
咁我幾時
有拖拍？

唔好意思，你嘅問
題好有難度，可能
要在另一平行時空
才有希望。
嗚……

AI咒語

現在一輸入重點字，AI就可以立即輸出高質創作。

還可輸出絕美的寫真，令人嘆為觀止，嘖嘖稱奇。

還是提早學習可以控制AI的咒語好了。

四大發明

現在任何3字頭的廣告電話一概不接。
鈴…
鈴…
鈴…
截
截
截

任何不知名的訊息立即關掉。
你好，有興趣做兼職嗎？每日三千，即日付款。
我正在等你，你到了我下來接你。
你今日要來嗎？

你IG戶口被投訴侵犯版權，廿四小時後會自動消失關閉。你可用這個連結通知。
想你畫張寵物畫，不過過唔到數，你檢查一下垃圾郵件？
入境處發
你的包裹有
問題，
你電話號碼有問題即將禁止用。
好討厭呀！
你認得我嗎？
喂，我們等緊你。

AI假新聞和偷呃拐騙統統死開。
但願不久之後，我們都可以煉成一身銅皮鐵骨，百毒不侵。

人面識別

M小姐定期做facial，臉就像貼上金箔，keep住白裡透紅閃亮亮。

怎知當付款的時候一直用開的電話突然出現問題。

想不到AI可以是facial成功與否的指標。

可惜經過幾晚的通頂工作，一切又打回原形了。

DEEP SCARE!

現在連花花和蛋蛋都怕被AI寵物取代。

老少女青春期

老少女也會遇上創作靈感的枯竭。

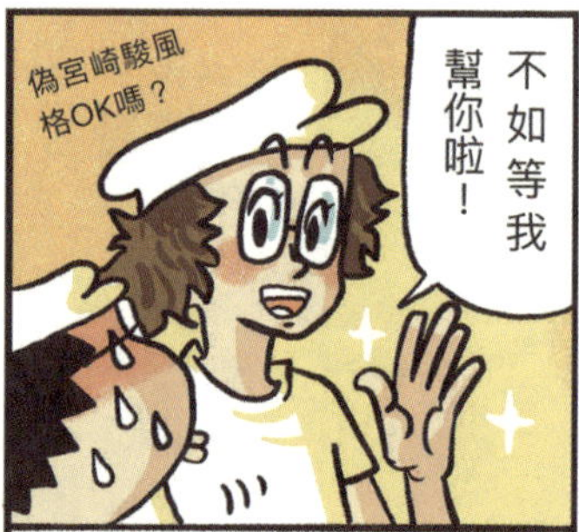

這時候AI老少女就會出現了。

AI老少女除了畫得快之外，分析及創作故事橋段更是厲害。

不知不覺，AI老少女已經成功進化到隨時發脾氣，罷工兼發牢騷的青春反叛期了。

生活篇

點解喺我？

我最喜歡出街吃下午茶，西多士豬扒包雞脾配上奶茶是我的最愛。

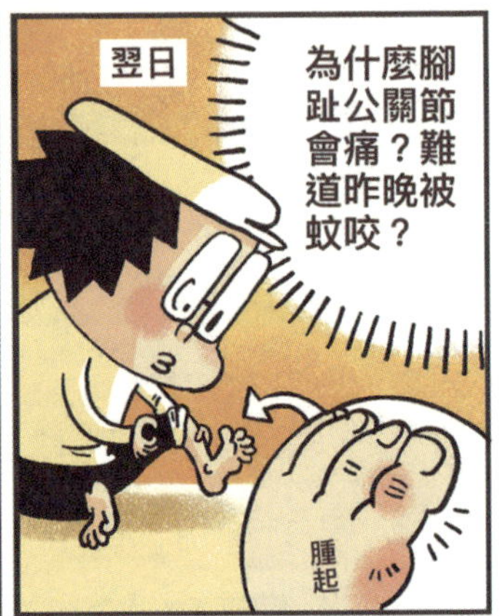
翌日
為什麼腳趾公關節會痛？難道昨晚被蚊咬？
腫起

第二日
難道……
又腫又紅
過了一天到食指關節又腫了？

是……
痛風？!!
Bye!
Bye
Bye
點解係我？

明天先啦！

話說老少女疑似痛風，一下子什麼都不敢吃。

媽，這個湯好像有很多豆，我不敢飲啊。
隨你啦！
怒火中燒

朋友生日天
臭臭鍋
臭臭鍋我都得喎，你可以嗎？
……
算啦，我們食清點。
Stella未老先衰
其實臭臭鍋可是我的最愛。

清酒好正！
不生酮嗎？
明天先啦
大家咁開心
明天再小心飲食好了。
日本美食當前，人性弱點表露無遺。

不再活在恐懼中

當一直活在恐懼中，可以怎樣面對並且繼續生存下去呢？
煩惱
憂慮
不安
焦慮

一停下來，眾多煩惱不知不覺湧現出來。唔想咁可以點？
我怕失去青春
怕失去工作
怕無錢
怕失去自由

啊！
我明白了！

原來我已經無錢，又無工作，又無青春，又無自由。
當沒有東西可以失去時，即時成身輕鬆晒！

回歸貧窮！分貝

近來我對這兩個中文字
體會特別深。

追稅？
分
貝
商業登記續
牌加返價？
快餐又
加價？
又加電費？
搭一程車
咁貴？

屋漏兼逢
連夜雨
穴
躬
屋企越
來越細
租金竟然反
彈回升？
90°
要跪低
無論任何情況之下
腰骨要90度角
挺直彎低。

明白了！
原來我們
回歸貧窮。
厲害了我們
的中文字！

新人類的回歸

新人類所講的回歸……

是回歸大自然……

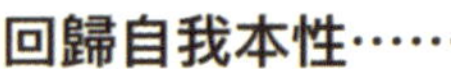

回歸自我本性……

以及回歸母親懷抱……

潮流食物  

復活假又到，街上人煙稀少，老少女和丁丁決定出去逛逛。

在草地上，休閒地享受住免費的陽光和空氣。

小市民的願望

市道低迷，小市民想從不同途徑賺多一點錢傍身。

在視頻中，有一些音樂聲稱可以增加財富。

有音樂有畫面，令你覺得沉浸在財富之中。

只是財富不會隨天而降，是要硬拼工作的。

小市民的願望（二）

今時今日香港小市民的願望是……？

去日本浸吓溫泉
（趁日本円平，盡量玩。）

去韓國享受汗幕蒸
（然後去shopping血拼）

去泰國全身按摩
（總之離開一下香港就是好）

小市民的願望(三)

耶和華上帝，
今年聖誕我祈
求世界和平。

如果不行，
沒有地震海
嘯都好。

如果再不行，
家人平平安安
就好了。
BiBUBiBUBiBU~
哎喲

再不行的話，
夠飲夠食就算
了。
等我長開身心
靈音樂增加自
身磁場先。

五算到日本（一）

老少女終於忍不住到日本遊玩了，順便工作。

最開心莫過於可以享受日本新鮮美味的食物。

然後就是買入心頭好，作為創作靈感。

今次最新的得着就是終於懂得享受日本的智能廁所。

五算到日本（二）

五年後再到日本，覺得日本物價便宜多了。

日圓匯率低之外，可能是因為香港物價實在太昂貴？

同樣的貨品在香港貴一倍 款式還要少很多

到日本超市更是掃手信掃到有點到不好意思。究竟是日本還是我們有問題？

五算到日本（三）

老少女終於再到日本
神保町逛二手書店。

又到新宿探訪老朋友
紀伊角書店

不過書店內好像已經沒
有當年熱鬧了……

於是立即買了一些小禮物，
希望書店長命百歲！

五算到日本（四）

老少女在日本，約了幾位老朋友見面， 她們都有個共通點。

文化先進的地方，人們反而有防止科技過度入侵的觸覺。

平行時空

有些人不相信平行時空，就讓老少女打開YouTube頻道帶你走一趟。

首先訪問一下半個中國泡在洪水的情況。

同時觀察日本火山爆發的幅度和中東的局勢。

最後回到為書展新書出版而日夜顛倒的老少女基地。

敏感地帶

從來都沒有這樣敏感過。

在這裡生活幾十年。

奧運開心果

又到奧運，原本都沒有什麼特別感覺。怎料見到一位長者參加奧運，正是61歲的倪夏蓮姐姐。

身形和樣子，好似我媽咪，好有親切感。

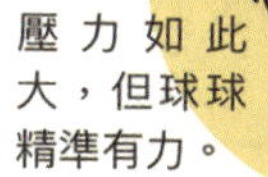

壓力如此大，但球球精準有力。

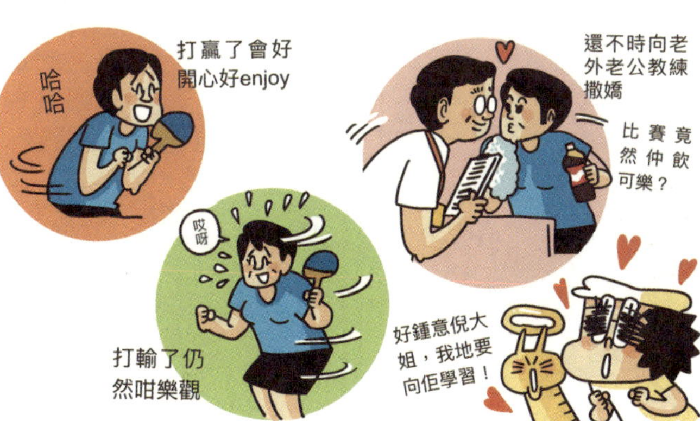

2025年Planner

老少女終於收到網購的2025年計劃本

你這個人就是沒有計劃，總是給工作拖着鼻子走，把原本的初心都忘掉了。

老少女的願望

我今年生日願望好卑微咋，希望可以達成。

求各位神靈可以加持我達成這個小小的心願。

嘩！快遞來了，願望快要成真了。
叮
叮
叮

我願望是keep住有恆心，每日運動keep吓fit咋。

TT、花花、蛋蛋篇

貓大爺

!

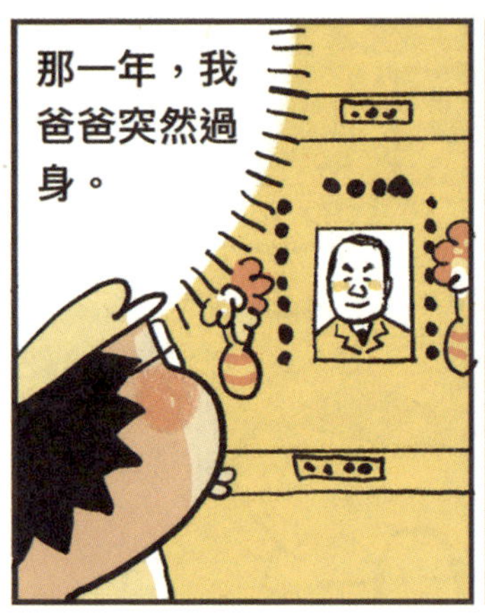
那一年，我
爸爸突然過
身。

點解依隻貓
咁似ET嘅？
喵喵
接着一年，我便領養到一
隻被遺棄的小貓，改名為
丁丁。

?
誰不知丁丁由可憐的小魔怪
成長為一隻肥人肉厚的貓
佬，竟然有點似我爸爸。

媽咪，你有
沒有夢見老
豆？
從來沒
有。

貓肉鬧鐘

老少女牀邊有個的鬧鐘。每天早上七點準時響鬧，不過通常都會被自己按下鬧鐘繼續睡。

這個時候就是我家最強的生化武器貓肉鬧鐘出動的時候。

貓肉鬧鐘會用任何軟硬兼施的手段讓你雙手不再空閒，此時是老少女半夢半醒之間。

最後的殺手鐧，就是用牠老人家的大尾巴，像塵拂一樣在我面上掃來掃去，掃出一面貓毛。

躺平KOL

從今天起，
大家要學的
課題就是躺
平。

今天找來了躺
平KOL丁丁來
示範一下。

要學躺平，最重要是
在任何環境中找出自
己最安全舒服的姿勢
而不失優雅。

不過躺平沒有想像中
容易，從今以後要努
力向丁丁學習。

無常

後丁丁時代

這麼多年，丁丁都是很獨立的。

我作為奴才，偶然會得到主子的注意。

但現在，丁丁都像從每一個角落監視住我。

最平常不過

其實所有曾經養過寵物嘅朋友都會遇上相同嘅問題，

雖然很傷感，但卻是最平常不過。

後丁丁時代之日常

現在每天起床仍然會跟丁丁說早晨。

仍然會放貓糧和換清水。

出街仍然會跟丁丁說再見。

回家仍然會給丁丁埋怨。

只是家裏的甲由怎麼變得懶洋洋？

農曆七月十四

不知不覺又到農曆七月，街上偶爾會見到有人燒衣祭幽。

農曆七月十四當晚

原來放在廚房的貓糧和水的確引來不少肚餓的朋友們來享用。

老少女基地的洞

丁丁上了彩虹橋，老少女心裏好像穿了一個洞。

老少女基地也裂開了一個洞。

這個洞令我每晚都睡得不好。

這個洞引來了天台的老鼠入屋，每晚深夜給我打爛不同的東西。

老鼠釘釘

我走了，丁丁。
每次回家或出街，我都會同丁丁打招呼。

終於出街了嗎？
等很久了

廚房有很多化學食品，太不健康了。
有很多不能吃
這個味道還好，開餐！

咦？這個人類常常叫我釘釘，是我的名字嗎？
!

嫦娥酒吧

自從那天，丁丁長出了一對翅膀升上半空。

從此離開了我，融合宇宙之中。

自從那天之後，望住月光，老少女總會想起丁丁。

月球上有間嫦娥BAR，丁丁在那裡找到了一份不錯的兼職。

尋找滅鼠神器

老鼠入屋，老少女淘了紗窗自己安裝。

安裝途中老鼠妹妹竟然悠閒地偷窺。
呵！
……

另一邊老鼠哥哥竟然慢條斯理在吹口哨。
豈有此理！

我急需要滅鼠神器！
你知道有人有貓BB嗎？
老鼠太會欺負人

上天的禮物

上帝啊，我家裏有老鼠，令我非常困擾，懇求你賜給我滅鼠神器！

現在就賜給你，要好好利用。
謝謝你啊⋯⋯

約櫃？打開會有兩塊十誡嗎？

老少女得到上天眷顧，終於再次擁有最厲害的滅鼠神器，今次更是兩件。
來玩啦喂！

工作效率

對不起，我近來有點忙，要遲一點交貨。
近來工作效率嚴重降低……

喵
喵

因為……

兩隻小東西不斷擺出誘人姿勢，我不斷忙着替牠們拍照。

最强生化武器

話說老少女訂造了紗窗，可是防不了老鼠。

只好網上再淘幾個驅趕老鼠的聲波儀器。

插電之後，這東西會發出超高頻和藍光，貓咪和我也感覺不到，效果有待觀察。

怎知過了一個晚上，竟然發現貓箱前有一隻小老鼠戰利品送給我。

黑貓定白貓？

花花和蛋蛋幫老少女捉到一隻小老鼠令到老少女心花怒放。
你們好叻，等我獎勵你們吃貓點心！

我覺得應該是蛋蛋捉到老鼠的，始終都是男仔，較喜歡獵食嘛。
蛋蛋吃

突然間花花不吃點心，衝入書櫃底想做什麼呢？

原來是花花捉到老鼠的！
太愛你了神奇女俠花花
花花太厲害了！

老少女緊急狀態 

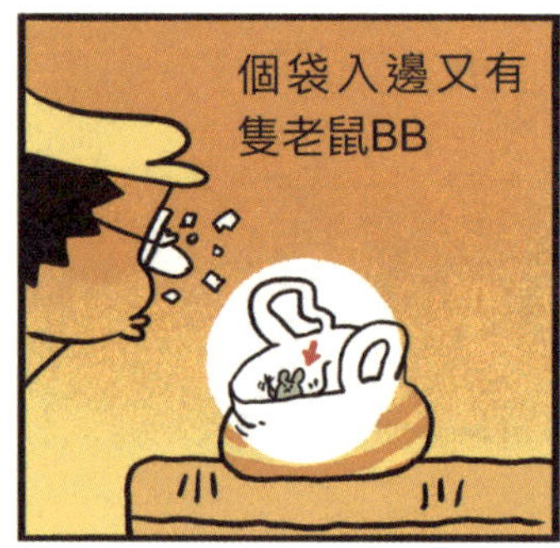

老少女想求救的時候，
發現冇人冇貓幫到手。

玩轉腦少女

這一刻，老少女的腦袋充滿不同意見。

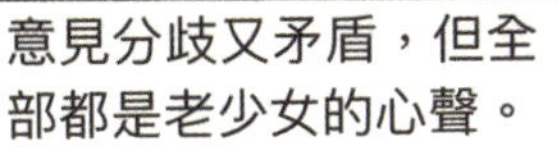

意見分歧又矛盾，但全部都是老少女的心聲。

究竟老少女這一刻會選擇哪一個角色面對呢？

玩轉腦少女（二）

老少女見到家裏有老鼠，緊急之際，立即「憤怒模式」起來。

手上握住一隻可惡的小老鼠，不由自主地啟動了「厭惡模式」。

正在煩惱怎樣處置老鼠的時候，不知不覺轉換到「驚恐模式」。

最後決定把老鼠丟出街外的一刻，為可愛的小老鼠產生「悲傷模式」。

貓和老鼠

於是老少女要伸手把馬桶後邊，從來沒有清潔過的洞抹一遍。

老少女失眠

然後有東西不斷把我肚子當跳板

最難抵抗的是旁邊有隻反肚的蛋蛋，老少女總是忍不住要紀錄一番。

平常心

近來老少女在家工作就好像修練一樣。

即使工作和睡覺都在練習平常心。

因為近來總是有兩粒東西圍住我轉來轉去，四處搗亂。

只是到了深夜，看見兩粒東西睡得那麼甜美，萌到老少女差點受不了。

說好的BB呢？

兩隻小傢伙來到我家才兩個月，不久之前看還是BB貓。

這幾天突然發現他們的身體長了很多，但是仍然是BB樣子。

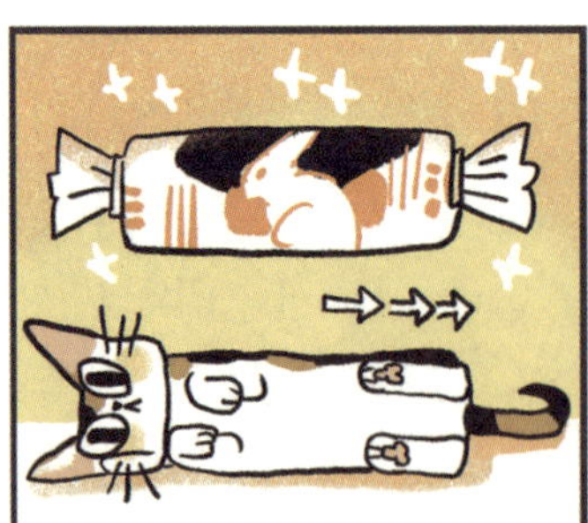

躺在沙發上的花花更是像一粒大白兔糖一樣又長又白又方，好像很好味。。

突然發現在沙發上午睡原來是十分擠擁的。

咕嚕咕嚕

老少女家裏近來常常出現高空擲物。

老少女只好靠敷面膜和聽著咕嚕咕嚕的聲音修練平常心。

棉被派對

天氣冷了，老少女從娘家拿來一張厚棉被。

每次冚棉被，都會想到和叮叮一起睡覺。

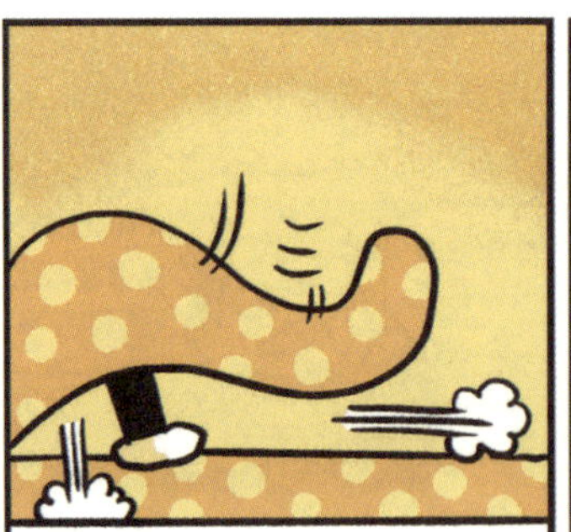

不過這個冬天就有點不一樣了。

因為棉被內有三隻貓，一隻打直一隻打橫，一隻在上面。

貓曲奇

又到聖誕，薑餅人曲奇深受歡迎。

不過對我來說就是另一種感受。

因為近來換了一種礦物貓砂

花花和蛋蛋每天努力地烤製曲奇，我每天都忙於把新鮮曲奇打包。

年尾回顧

2024

又到年尾，是時候回顧一下剛剛過去一年。

廿歲的愛貓丁丁頭上長出光環，去了月球Working Holiday。

然後有老鼠，領養了兩隻頑皮搗蛋貓花花和蛋蛋。

感覺發生了很多事，很忙碌，快累死了，但除了貓之外，好像什麼都回想不起，很奇怪。

拆蛋行動

呵呵呵
咕嚕咕嚕
話說花花和蛋蛋非常恩愛，令到我和蘇師奶非常擔心。

咕嚕咕嚕咕
需要幫他們穿上貞操褲嗎？我怕隨時做嫲嫲或者婆婆……
還不快點安排絕育手術？
我是太婆嗎？

動物診所嗎？要一個月之後才有期嗎？我隻貓女已經發出一浸濃味了！怎麼辦？
婆婆
嫲嫲
太婆

太好了，可以安心了！
瞓得着了！
拆蛋後

其他貓的味道

還是丁丁好，我怎樣錫也照單全收。

媽咪與奴才  

老少女正在躊躇要不要出國旅行。

花花和蛋蛋一定很不習慣見不到媽咪。

又不習慣沒有媽咪一日兩餐新鮮罐頭和零食吃。

市集篇

老少女少年粉絲團

今年參加了文創展、簽名會和動漫節，內心一直怕沒人來幫襯。

想不到來了不少隱藏很久的老少年少女粉絲來找我。

更有收藏家粉絲帶住我多年前的作品、剪報及合作產品來找我簽名。

最令人感動莫過於從少閱讀我的漫畫長大，再帶他們的兒女來捧我場的讀者們。

終於出書了！

近來真的有點忙，忽然好似忘記了一些重要的事情。

原來我忘記了今天要交明報的稿。
哎喲

咁不如推銷吓，我今年又出書了。
《老少女之敏感地帶》
1. 2025書展：1C-A38
2. 動漫節：漫漫行B30
3. 格子書店
(IG :quireonline)
老少女の敏感地帶！
Stella So.
老少女補完計劃！
《老少女補完計劃》

後記！

希望大家看到這一頁不會太失望，始終老少女是有點矜持，敏感地帶總是若隱若現點到即止。《老少女》系列就是我的周記，在《星期日明報》刊登，星期六中午交稿，通常星期五晚才找點子，用一點上廁所的時間感受這個星期令我感受最深刻的事情，有時是一件社會時事、一頓晚餐、花花和蛋蛋的新習慣、或是和朋友在群組的幾句 juicy 對話、感受越深畫得越起勁，畫好之後就好像是舒暢地大了一次便，非常舒服。多謝《明報》編輯海倫姐和 P 小姐穿針引線。《老少女》漫畫是不定期出版的，老少女沒有像其他漫畫家般堅持每年都要出書，因為通常都是在雜誌報紙連載幾年才夠畫稿去集結成書，而且每一次出書都好像生 BB 一樣，儘管過程中出版社編輯已經幫了很多忙，但大家也是痛苦萬分，有血有淚。今次更是非常遲才決定出書，原本打算放棄，怎料編輯肯和我一起趕砌這本書，多謝格子出版社編輯肥佬的兩肋插刀。

故事內容方面，感謝陪伴老少女廿年的男主人丁丁，最強生化武器花花和蛋蛋，蘇師奶以及閨蜜 C、M、W 小姐們等等，齊齊成就這本不敢太敏感的漫畫書。希望大家睇完這本漫畫都可以笑一笑，舒緩一下緊張，在封條束縛之下仍能活得精彩自在。

老少女對於末日預言特別上心，一來不想它發生，但也不想一點改變都沒發生過。糟糕的世界需要我們每個人做一點事去改變，那麼我們可以做什麼呢？這個應該是下一本漫畫的題材了，希望到時大家都在，也得到你們的支持。

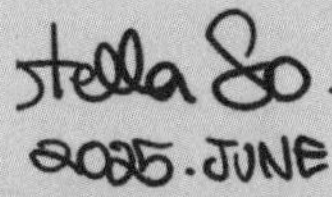

書名	老少女之敏感地帶
作者	Stella So
責任編輯	肥佬
校對	Walter@ 童創文化
	Jeremy@ 童創文化
出版	格子有限公司
	香港荔枝角青山道 505 號通源工業大廈 7 樓 B 室
	Quire Limited
	Unit B, 7/F, Tong Yuen Factory Building, No.505 Castle Peak Road,
	Lai Chi Kok, Kowloon, Hong Kong
印刷	嘉昱有限公司
	香港九龍新蒲崗大有街 26-28 號天虹大廈七樓
版次	2025 年 7 月香港第一版第一次印刷
國際書號	ISBN 978-988-70533-2-3

PUBLISHED IN HONG KONG. PRINTED IN HONG KONG.